KB061635

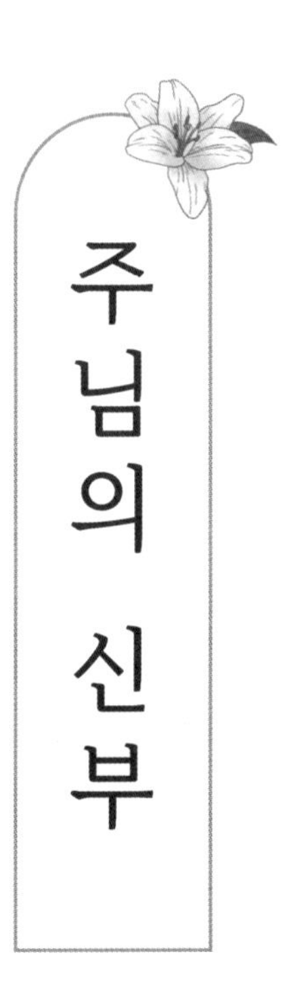

주님의 신부

| 시인의 말 |

여기까지 저의 삶을 주관하시고 인도해 주신 하나님 아버지께 감사와 영광을 올려드립니다.

팔십 평생 지나온 날들을 돌아보면 모든 것이 주님의 은혜였습니다. 지금까지 함께하신 하나님의 위대하신 역사와 따뜻한 사랑을 자녀들에게 전하고 잊지 않도록 하기 위하여, 또 내가 만난 주님을 전하고 은혜를 함께 나누기 위하여 틈틈이 써놓은 글을 모아 책으로 출간하게 되었습니다.

이 책에 실린 시들은 글쓰기를 배운 적도 없이 오직 마음의 울림만으로 처음 쓴 글입니다. 그래서 문학적으로 미숙하고 성경적 이해가 부족한 부분이 있을 것입니다. 다듬어지지 않은 무성한 숲속에서 깊은 호흡을 할 때 느끼는 신선함으로 다가가기를 기대해 봅니다.

작가도 아닌데 글을 쓰게 하시고 디자이너도 아닌데 표지 디자인을 하도록 지혜를 주신 성령님께 감사드립니다. 부족하지만 이 책이 복음 전파와 신앙 성장에 조금이라도 도움이 되어 하나님께 영광 돌리게 되기를 소망합니다.

말씀 가운데 시의 소재를 제공해 주시고 기도해 주신 목사님들께 감사드리고, 책이 나올 수 있도록 격려하고 권면해 주신 김옥숙 권사님과 책을 만드는 데 많은 도움을 주신 조혜정 권사님, 그리고 큰딸 류소연과 온 가족의 기도와 후원에 감사드립니다.

2024년 봄, 최정희

獻詩

(시를 올려드립니다)

밤을 하얗게 지새우며

산고의 고통으로

조각가가 돌을 다듬듯

정성을 드립니다

제단에 드려질 귀한 예물

내게는 드릴 것 이것뿐

하이얀 종이 위에

마음을 풀어

한 글자 한 글자

짜맞추어 내려갑니다

주님을 향한

나의 사랑의 고백

주님께서 기뻐 받으시는

제물이 되고 싶습니다

주님과 동행

이웃과 손잡고

자연과 함께

주님과 동행

주님의 신부 · 네가 어디 있느냐 · 십자가 · 회개 · 부활절 · 등잔불 · 일천번제 감사 · 나의 하나님 · 부족함 · 남치마 분홍 저고리 · 새 성전을 향한 기도 · 은혜의 계절 · 너와 함께하리라 · 모세의 기도 · 속죄 · 그 무엇이 되어도 · 기도 · 기도하라 · 주님께 드리고 싶은 것 · 주님을 기다립니다 · 기쁨으로 거두리 · 환난 날에 피할 길이 있다 · 주님 시계의 알람 · 마라나타 · 실로암 못 · 성령의 병원1 · 성령의 병원2 · 통곡의 벽1 · 통곡의 벽2

주님의 신부

어둔 밤
누더기 옷 입고
맨발로 방황하던 나

요단강 물 가져다 머리에 부으시고
주님의 옷자락으로 싸안아 주셨네

진주 구슬 하얀 드레스 입히시고
머리에 꽃 장식 면류관
손에는 정금 가락지
발에는 새 신을 신겨 주셨네

푸른 언덕 위
주님 계신 궁전으로
꽃길 따라 손잡아 이끄시니
아름다운 백합화 향기 가득하여라

주님 앞에 무릎 꿇어
손과 발 드리오니
주님 발걸음 따르게 하옵소서
영원토록

감사와 기쁨의 노래를 부르리이다

* 주님의 사랑 받는 아름다운 신부가 되고픈 열망을 가지고 적은 시
* 김옥실 선교사님께서 케냐 어린이들을 섬기시는 모습이 아름다워 잠시 귀국하셨을 때 적어 드린 시

네가 어디 있느냐

에덴동산에
복락원 차려 주시고
자유를 주신 하나님

탐욕으로 빗나가 죄를 범하고
하나님을 피해 숨은 아담에게
아담아, 네가 어디 있느냐

긍휼하신 하나님
나뭇잎 옷 대신
손수 지으신
가죽옷 입혀 주셨네

영원한
보혈의 옷
구원의 옷
입혀 주셨네

오늘도 주님은
네가 어디 있느냐
내게 물으신다

십자가

머리에 가시 면류관
손과 발엔 못 자국
온몸에 채찍 맞아
십자가에서 흘리신
물과 피

하늘 아버지 뜻 순종하시어
거룩하심 이루시고
사랑을 알게 하셨네

죽을 죄인 살리려
부활의 첫 열매로
구원의 소망 되시고
평안과 기쁨 주시니

나의 십자가 가슴에 품고
주님 말씀 따라
십자가 은혜 전하며 살기 원합니다

회개

성령님 오시어 마음이 뜨거워지면
그때의 내가 되어
마음의 눈을 크게 뜨고
말씀의 현미경으로 살펴보니
온갖 죄의 덩어리가 떠돌아다닌다

그때는 알지 못했던 것들
까맣게 잊고 있던 일들
잘했다고 생각했던 것들

모두가 살아나
내게로 달려온다

두렵고 부끄러워
눈을 감아 보지만 지울 수 없어
견딜 수 없는 아픔에
가슴 치며 통곡의 눈물
바다를 이루어 놓으니

십자가에 못 박히신 주님
내 곁에 오시어

들려 주시는 말씀

너의 죄가 주홍 같을지라도

눈과 같이 희어질 것이요

진홍같이 붉을지라도

양털같이 희게 되리라

* 2022년 겨울 갑자기 어릴 적 잘못했던 것들이 떠올라 지금까지 죄를 살피고 회개하며 쓴 글

부활절

무덤 속 어둠 권세 깨뜨리고
밝아 오는 새 아침
부활 승리하시어
아름다운 사랑의 향기
생명주로 찾아오시었네

영광의 왕으로 오신 주님 뵈오니
죄와 슬픔, 두려움 사라지고
기쁨과 평안 감사로
새 소망이 넘쳐납니다

영광 중 하늘에 올리우신 주님
영원한 나라 사모하여
십자가 사랑 전파하며
다시 오실 주님을 기다립니다

등잔불

어둠을 밝혀 주는
등잔불
불꽃 속에는
주님이 계신다

순금의 정결함을 모아
등잔대 만들고
순결한 기름으로 채워
깨끗이 닦고 닦아
거룩한 빛으로
비추게 하리라

일곱 금 촛대에
감람유가 흘러들듯
항상 기도의 등 밝히고
꺼지지 않는 빛으로
이어지기를 소망합니다

일천번제 감사

새벽 동틀 무렵
찬 이슬 맞으며
성전을 향해 달리는 발걸음
천 날을 한결같이
깨우시고 부르신 주님의 은혜라

성전 벽에 걸린
십자가만큼 무거운 짐
주님 발 앞에 내려놓고
기도의 향을 피워
눈물병에 눈물을 담아내니

붉은빛 십자가에서
번져 나오는 불빛
마음을 녹이시고
갈 길을 밝히신다

오늘도 하루 양식 풍족히 내리사
말씀이 알알이 영글어
가슴 가득
찬양과 감사가 넘쳐나네

겸손하게 무릎 꿇어

기도하시는 주님 모습

내 원대로 마옵시고

아버지 원대로 하옵소서

겟세마네 기도

나의 기도가 되기 원합니다

천 날의 기도를 모아

믿음 나무 한 마디를 이루게 하셨으니

주님 계신 천국에 이를 때까지

하늘 향해

높이 더 높이 자라나게 하옵소서

* 2014년 4월 27일, 일천번제 마치고 주신 은혜 감사하여 적은 시

나의 하나님

홀로 광야 길 걸어가는 나그네
갈 길 몰라 방황할 때
목마름에 지쳐 쓰러질 때

한줄기 환한 빛이
앞길을 비추어 주고
적막한 허공 속
바람결에 들려오는 소리

내가 여기 있노라
너는 내 것이라
내가 너와 함께함이라

아브라함의 하나님
이삭과 야곱의 하나님
나의 하나님

여호와 이레
여호와 라파
나의 하나님

여호와 닛시 찬양합니다
여호와 샬롬 감사합니다

부족함

부활하신 주님
갈릴리 바닷가에 찾아오셔서
고기 잡느라 바쁜 제자들에게
얘들아,
다정한 목소리로 부르신다

주님을 떠나
내 힘으로 살려고
힘쓰고 애쓰며 발버둥 치는
어린아이 같은 우리

측은히 여기사
꾸짖지 아니하시고
만선의 기쁨을 맛보게 하신다

부족함
채워지지 않는 부족함이
주님을 만나게 하고
기적을 보게 한다

남치마 분홍 저고리

어렸을 때
어머님이 지어 입혀주신
색동저고리 빨간 치마

천사가 한 땀 한 땀 꿰매어
정성 들여 만들어 준
남치마 분홍 저고리
주님께서 입혀주셨다

허물은 덮으시고
사랑으로 입혀 주셨다

사모하며 기다리던 직분
제단에 엎디어
감사의 눈물로 받아

새겨 주신 말씀
가슴에 담고
사명과 섬김
어깨에 메니
발걸음이 무거워졌다

색동옷 입고

철없이 뛰어다녔지만

남치마 분홍 저고리

권사 옷 입으니

더럽히지 않도록

고개 숙이고

조심조심 걷게 된다

* 2004년 09월 18일

명성교회에서 임직식 날 남치마 분홍 저고리 권사 한복 입고 임직받은 후 사명감과 감사함으로 올려드린 시

새 성전을 향한 기도

오늘도
30년 묵은 보자기 열고
은혜의 열매 가만히 꺼내어
하나하나 세어 봅니다
주님의 권능의 손길, 부드러운 음성
거기에는 마르지 아니한 핏방울
온기 어린 눈물이 있습니다

푸른 초장, 풍성한 꼴 먹이시며
내 평생에 거룩하신 하나님의 전 허락하시고
작은 벽돌 몇 장과 기도의 눈물 더하게 하시니
무한 감사합니다

사랑의 주님
예수님의 발을 정하게 씻겨 드리는 마음으로
성전 안팎 정성스레 쓸고 닦기 원합니다
모퉁이에 말없이 서 있는
휴지통이라도 좋사오니
성전 어디엔가 머물게만 하옵소서

열두 개의 작은 방에서 피어오르는 기도의 향은

구원의 씨앗 되어

새 생명 품고 온 대지를 날아

주님께서 이끄시는 그곳에서

온전히 열매 맺게 하옵소서

* 2011년 추수감사절 새 성전 입당을 앞두고 미화부로 섬기며 평생토록 성전에 머물기를 원하는 마음으로 지은 시

은혜의 계절

6월의 넝쿨장미
담장을 빨갛게 수놓을 때
내 마음은
감사의 꽃으로 피어난다

두려운 죽음의 골짜기 헤매이다
울부짖으며 높이 든 기도의 손
주님께서 잡아 주시니
화산 같은 불꽃 심령에 솟아올라
고통도 슬픔도 다 태운다

앙상한 나뭇가지 같은 몸에
소망의 옷을 입히시어
기쁨의 열매를 거두게 하셨으니

해마다 넝쿨장미 환하게 웃어 주면
내 심령에
감사의 꽃이 활짝 피어난다

* 1989년 6월, 질병으로 수술 날짜를 받아 놓고 기도원에 갔다가 나음을 입고 그로 인해 시어머니가 교회에 처음 나오시게 되어 감사함으로 드린 시

너와 함께하리라

네 평생에 너를 능히 대적할 자가 없으리니
내가 모세와 함께 있었던 것같이
너와 함께 있을 것임이니라
내가 너를 떠나지 아니하며 버리지 아니하리니

처음으로 내게 내려 주신
여호수아 일 장 오 절 말씀
마음에 새기고
붓글씨로 써 벽에 걸어 놓으니
어려움 만날 때마다 힘이 되고
주님 항상 내 곁에 계십니다

네 손 잡아 주리라
사랑하는 딸아
손잡고 함께 가자
예루살렘으로
저 밝은 시온성을 향하여

* 1989년 5월, 기도실에서 기도하다가 처음으로 받은 말씀

기도원 가는 길

어젯밤 단비에
목욕 단장한 푸른 잎새들
초록 융단을 깔아 놓았네
오월의 눈부신 태양은
찬란하게 빛나고
하늘에 조각구름 한 점
천사의 형상을 하고
나를 따라온다

가장 귀하고 높으신 분 뵈오려
먼 길 달리는데
바람 따라 춤추며 미소 짓는
작은 들꽃들
어서 오라 반겨 준다

아름다운 동산을 만들어 주신
창조주 하나님께 무어라 고백할까?
눈물 한 움큼 쏟아
올려드리면 기뻐하실까?

예배당이 점점 가까이 다가온다

온 마음 드려 무릎 꿇고

두 손을 높이 들어야지

아니 어머니 품속 같은

주님 품에 그냥 안겨야겠다

그 부드러운 음성이 들릴 때까지...

모세의 기도

믿음의 어머니 요게벳의 기도로
나일강에서 건져 올려진
갈대 상자 속 생명

우리를 향하신 하나님 구원 계획
화려한 왕궁 버리고
고달픈 광야길 40년
이스라엘을 이끌어 내라
주신 능력의 지팡이
홍해를 가르게 하셨다

어둔 죄악 세상에서
불기둥 구름기둥으로
젖과 꿀이 흐르는 땅으로 인도하셨네

아말렉과 싸울 때
기도의 손 높이 들면
여호와 닛시

만나와 메추라기
반석의 샘물 먹이시고

놋뱀으로 생명을 살려 주셨다

떨기나무 불꽃 가운데
거룩한 하나님 뵈옵고 받은 십계명

축복의 땅 가나안 바라보며
열두 지파 축복하고
하나님 뜻 다 이루어 드린
온유함이 가득한 순종의 길
기도의 삶
어찌 따를 수 있으랴

속죄

평생 동안 등에 짊어지고 온 죄의 짐
육신의 정욕
안목의 정욕
이생의 자랑
보따리에 꽁꽁 싸매어

대속죄일
아사셀 염소 등에 실어 주고
예수님 십자가의 피로 씻음 받아

하이얀 새 옷 입고
정결한 맘으로
세상의 것들 다 내려놓고

주님께서 기뻐하시는
거룩한 삶
은혜의 삶
복음의 길을 걷게 하옵소서

그 무엇이 되어도

토기장이 손에 들려진
흙 한 덩이
어떻게 빚어져
무엇이 될지
아무도 모른다

원하고 노력해도
그분만의 뜻으로
그분 보시기에 좋은
그분 쓰시기에 합당한
그릇으로 탄생한다

그 무엇이 되어도
주님께서 선하게 쓰신다면
그것이 영광이요
그것이 행복이요
그것이 감사다

* 2022년 3월 특별새벽집회 "토기장이 하나님" 담임목사님 말씀에 은혜받고 쓴 글

기도

아침마다 손발 정결하게
몸과 마음 가다듬고
발아래 여인 마리아처럼
떨리는 마음으로 주님 앞에 나옵니다

마음에 등불 밝혀 놓고
향기로운 향을 피워
엎드려 드리는 기도가
하나님 보좌 앞까지
높이높이 피어오르게 하옵소서

위에 계신 나의 주님
주님 뜻 알게 하시고
내려주시는 생명의 말씀
내게 가장 귀한 것으로 믿고
순종하며 살게 하옵소서

마음 모아 드리는
아침 제사
저녁 분향
주님 기쁘게 흠향하여 주옵소서

기도하라

항상 기도하라
쉬지 말고 기도하라
어디서나 기도하라

아무것도 없을 때
감사기도 잊지 말고
모든 것 다 있을 때는
더 기도하라

* 2022년 11월, 아무것도 없을 때 감사기도 잊지 말라는 원로 목사님의 말씀을 마음에 새기며 쓴 시

주님께 드리고 싶은 것

세상 모든 꽃 중에
가장 예쁜 꽃 따다
향기로운 화관 만들어
주님께 걸어 드리고

세상 모든 소리 중에
가장 아름다운 소리 모아
찬양으로 올려드리고

회개의 뜨거운 눈물 모아
주님의 발 씻겨 드리고

주님께서 찾으시는
길 잃은 어린양
따스한 주님 품에
안겨 드리고 싶다

주님을 기다립니다

캄캄한 밤
아무도 아니 걸은
하얀 눈꽃 길에
참 빛으로 오실 주님

기쁨의 주 평강의 왕이시여
구원의 주님으로 오시기를
소망하며 기다립니다

세상에 어두움이 물러가고
아픔과 슬픔은 사라지고
메마른 가슴에 사랑의 꽃 피어
텅 빈 그릇에 기름이 넘쳐나기를
꿈꾸며 기다립니다

촛불 하나씩 불 밝혀 가며
반짝이는 트리에 큰 별 달고
모두 함께 모여
기쁨의 찬송 부르며 기다립니다

아기 예수님 우리 주여,
오시어 영광 받으시옵소서

기쁨으로 거두리

하늘이 열리듯
새 성전에서 새 아침 열리면
소중한 기도의 씨앗 가슴에 품고
일천번제의 밭에 눈물로
하나씩 정성스레 심는다
찬 이슬 맞으며 땀 흘려 뿌린 씨
은혜의 봄비 속에 싹틔우고
하늘 바라보며 따가운 태양볕 아래 영글어 간다

거센 장맛비, 사나운 태풍도 지나고
산마루에 시원한 갈바람 불어와
고운 빛 잎새들로 수놓은 아름다운 주님의 동산
가지마다 알알이 맺힌 열매
탐스럽게 익어 가고
황금물결 일렁이는 넓은 들엔
웃음 짓는 농부의 바쁜 손길

곳간은 알곡으로 넘쳐나고
주님의 집은 축복의 새 생명으로 가득하니
모두가 풍성하신 하나님의 은혜로다
추수의 기쁨 가난한 이웃들과 함께 나누며

향기로운 제물로

감사의 찬양으로

크신 영광 주님께 올려드리세

* 2012년 10월 25일, 추수감사절 예배에 감사 시로 올려 드린 글

환난 날에 피할 길이 있다

깊이 잠든 새벽녘

집채가 흔들리고

급하고 강한 바람에

집안 모든 문이 열려

깜짝 놀라 잠이 깨는 순간

천장으로부터 들려오는

장엄한 목소리

환난 날에 피할 길이 있다

방안을 가득 채우시었다

수술 날 받아 놓고

기다리던 중

피할 길은 새벽기도

퍼뜩 떠올라 시계를 보니 4시 30분

살며시 빠져나와

달리는 새벽기도 길

결혼 후 처음 가는 새벽기도

신선한 새벽 공기가 얼굴을 스쳐 가고

마음이 깨어나기 시작한다

그날 이후 내 삶에 새벽기도는 계속되고
질병에서 치유 받은 은혜,
가족 구원의 은혜까지…
감사 감사 감사

잠든 나를 깨워 일으키시고
피할 길을 주시고
치유하신 성령님
감사합니다

* 1989년 5월, 처음으로 주님의 음성을 듣는 은혜를 입고 감격하여 쓴 글

주님 시계의 알람

주님 시계의 알람 소리는
온 땅에 퍼져 가는 질병의 신음 소리
땅이 갈라지고 집터가 흔들리는 공포
민족과 민족이 다투는 전쟁
배고픔의 울부짖음
쾌락을 즐기는 죄의 소리
거짓 선지자의 유혹의 외침

너는 그 소리가 들리지 않느냐
깊은 잠에서 깨어나라
일어나라 나의 사랑하는 백성들아

전신 갑주를 입으라
진리로 허리띠를 띠고
의의 호심경을 붙이고
평안의 복음의 신을 신고
믿음의 방패를 들고
구원의 투구를 쓰고
성령의 검을 가지라
기도로 승리하리라

주의 군사로

주님의 신부로

기름을 준비하고 등 밝혀

다시 오실 주님을 기다리게 하옵소서

마라나타

하루가 환하게 열리는 순간
오늘 주님은 어디까지 오셨을까
기도의 손을 모으고 하늘을 바라봅니다

성결한 예복 준비하여
아름다운 신부로 단장하고

주님 영광스러운 광채로
하늘에 올리우시던
그날같이
다시 오실 주님을 기다립니다

천사의 공중 나팔 소리에
잠자던 성도들 잠 깨어
손잡고 함께 하늘로 날아오르고 싶다
고통과 슬픔, 미움은 벗어 버리고
기쁨과 환희와 감사와 영광으로

등에 기름을 준비한 처녀들
수줍고 떨리는 마음으로 기다립니다

오늘이 그날인가
내일이 그날인가

주님 오시는 소리 들으려
두 손을 가슴에 모으고
하늘 향해 귀 기울입니다
마라타나
주 예수님 어서 오시옵소서

* 2020년 12월, 믿음으로 깨어 다시 오실 주님을 기다리며 쓴 시

실로암 못

해가 뜨고 지는 것 알지 못하여
캄캄한 어둠 속에
한 줄기 빛을 사모하다

눈먼 자 병든 자 고쳐 주시는
주님의 능력 믿고
실로암 못가에 왔사오니

눈을 깨끗이 씻어 주시고
마음을 정결하게 하옵소서
내가 볼 줄로 믿습니다

낡은 지팡이 던져 버리고
뛰어나가
세상에 밝은 빛 비추며
소금이 되게 하옵소서

성령의 병원 1

성령의 병원은
예수님 핏값으로 세워 주신 병원
언제든지 기도로 가는 병원
믿음의 카드로 가는 병원

성령의 병원 의사 선생님은
오직 예수님 한 분
진료실 문 회개로 열고 들어가
십자가 보혈로 치료받고
성령의 검으로 수술받고
신약과 구약 먹으면

외양간에서 나온 송아지처럼
기뻐 뛰며 감사의 찬송 부르고
복음의 나팔 불며
참 자유인이 된다

* 기도로 통증 치유 받고서 쓴 글

성령의 병원 2

할렐루야!

노년기 20여 년을 지나며 매일 매일 연약한 몸과 마음을 주님께 맡기고 기도하다가 많은 은혜를 받아서 다른 환우들에게 힘을 주고 위로해 드리고 싶은 마음에서 쓴 글입니다. 이 시에는 환우들에 대한 저의 마음과 영혼 사랑이 담겨 있습니다.

저는 몸 어떤 부위에 통증이 있거나 정상이 아니라고 느껴지면 새벽 기도드리고 바로 성령의 병원을 찾습니다.

'주님, 저 오늘도 성령의 병원에 왔습니다. 저를 불쌍히 여기사 저를 만지시고 치료해 주세요.'

주로 불편한 부위에 손을 대고 기도합니다. 주님께서는 모든 것 다 아시고 처방전을 내려 주십니다. 아무것도 염려하지 말라고 빌립보서 4장 6-7절 말씀을 주실 때가 많습니다. 그러면 감사합니다. 기쁨으로 받고 바로 평안을 얻습니다.

"내 이름을 경외하는 너희에게는 공의로운 해가 떠올라서 치료하는 광선을 비추리니 너희가 나가서 외양간에서 나온 송아지 같이 뛰리라"(말라기 4:2)

말씀을 받으면 이미 치료해 주신 줄로 믿고 벌떡 일어납니다.

주님은 아주 섬세하셔서 기도 응답으로 어떤 음식을 섭취하게 하시고, 휴식을 취하게도 하시며 급히 병원으로 갈 것을 권고하시기도 합니다.

또 가족이나 친구, 교회에서 알려 주시는 환우들, 때로는 TV에서 소개되는 어려운 이웃들, 얼굴도 이름도 모르는 분까지 중보기도하면 능력의 말씀이 떠오릅니다.

"믿는 자에게는 이런 표적이 따르리니 곧 그들이 내 이름으로 귀신을 쫓아내며 새 방언을 말하며 뱀을 집어 올리며 무슨 독을 마실지라도 해를 받지 아니하며 병든 자에게 손을 얹은즉 나으리라"(마가복음 16:17-18)

급한 환자의 소식이 들리면 기도하며 수시로 성령의 병원을 찾습니다. 저도 25년 전에 암으로 투병하다가 온전히 치유받은 체험이 있기에 모든 환우들의 고통이 제 고통으로 느껴집니다. 기도를 해주었던 환우들의 병세가 호전되고 회복되었다는 소식을 들으면 너무나 기쁘고 감사하여 찬송으로 영광을 돌립니다.

환우들을 위하여 날마다 중보할 때 모든 환우들이 능력의 하나님, 치유의 성령님을 의지하여 새 힘을 얻고 믿음으로 승리하시기를 소망합니다.

통곡의 벽 1

늦은 나이에
은혜로 떠나게 된 성지순례

꼭 가보고 싶었던
기도의 성지 통곡의 벽에
얼굴을 묻고
돌이 젖도록
눈물을 쏟았다

간절한 기도제목
쪽지에 적어 꼭꼭 접어
돌 틈에 단단히 끼워 넣고
바람이 빼앗아 갈세라
다시 또 밀어 넣었다

일 년이 흐른 후
뿌린 기도의 씨가 열매 맺어
건강한 첫 손주 가슴에 안고
통곡의 벽 기도를 기억하며
얼마나 많은 감사와 기쁨의 눈물을 흘렸는지

땅에 떨어져 뒹굴던

누군가의 기도 쪽지도

버려지지 않고

알알이 열매 맺고 있으리라

기대해 본다

* 통곡의 벽에서 드린 기도 응답으로 주신 첫 손주 받아 안고 기쁨과 감사의 눈물로 쓴 글(2006년 12월)

통곡의 벽 2

교회에서 창립 25주년을 맞아 성지순례 행사가 있었다. 나도 참석하고픈 마음이 있었으나 심신이 병약한 시어머님을 혼자 모시고 살아가는 터라 엄두를 못 내고 있는데, 큰 사위가 내게 말도 없이 신청을 해 놓고 회비까지 다 납부하였다 하여 본격적인 여행 준비가 시작되었다.

열흘이 넘는 긴 기간 동안 시어머님을 보살펴 드리지 못하여 죄송했지만 시집간 큰딸이 집에 와서 할머니와 함께 지내며 잘 모시겠다 하니 마음이 놓이고 축복을 받을 거라는 생각이 스쳐 갔다.

작은딸은 마치 엄마가 어린아이를 챙겨 보내듯 여행에 필요한 모든 것을 다 준비해 주어 나는 교회에서 성지순례를 위한 기도회와 교육에 전념하며 감사함으로, 은혜로 성지순례 길에 오르게 되었다.

꿈에 그리던 성지순례라 교회에서 출발하는 버스를 타는 순간부터 가슴이 벅차오르고 날개를 달고 하늘을 나는 기분이 들었다. 시어머님이 걱정되었지만 주님께 기도로 맡겨 드리고 여행을 즐기기로 했다.

성지에 도착하여 성경 역사를 짚어 가며 예수님의 발자취를 하나하나 따라가는 여정이 모두 은혜의 시간이었다. 예수님의 탄생부터 시작하여 사역하신 곳들과 십자가에 못 박히시고 부활하신 모든 걸음을 따라가며 주님을 만나고 배우는 일은 평생 잊을 수 없는 진한 감동으로 남아 있다.

그리고 큰 기대를 가지고 찾아간 통곡의 벽에 발이 닿는 순간부터 마음이 뜨거워졌다. 단정한 검정색 예복 차림의 랍비들이 기도하는 모습에서 경건함이 느껴졌다. 나도 사람들이 덜 붐비는 곳을 찾아 성벽 돌에 얼굴을 묻고 한나의 기도를 떠올리며 눈물의 기도를 올려드렸다. 그리고 땅에 떨어져 낙엽처럼 퇴색되어 떠도는 기도 쪽지를 보며 응답받는 기도 쪽지이기를 바라며 나도 돌 틈에 기도 쪽지를 단단히 꽂아 놓고 돌아왔다.

큰딸 가정이 결혼한 지 5년이 되었지만 태의 문이 열리지 않아 기도 중이었다. 기도하며 믿음으로 기다리던 중 통곡의 벽에서 기도 후 바로 기도의 씨앗이 열매를 맺어 그해 12월 건강한 첫 손주를 품에 안게 되었고, 계속 태의 문을 열어 주셔서 삼 남매를 선물로 받는 은혜를 입게 되었다.

그 후로 아기는 잘 자라 말도 하기 전 십자가만 보면 손가락으로 가리키고 책에 그려져 있는 조그만 십자가만 보아도 콕콕 짚었다. 그리고 엄마 아빠를 부르기 전에 "주여"로 말문을 연 것도 큰 은혜였다. 초등학교 시절 선교단체에서 훈련받고 해외 선교 여행도 다녀오고 중학교부터는 믿음의 학교로 진학하여 신앙 안에서 잘 자라고 있다.

통곡의 벽에 심어 놓은 기도 씨가 싹이 트고 자라나면서 열매를 맺어 가는 모습을 보는 것이 나에게는 큰 기쁨이다. 손자가 앞으로 레바논의 백향목같이 장성하여 하나님 마음에 합한 자로 주님 뜻 이루어 드리고 영광 돌리게 되기를 소망한다.

통곡의 벽에서 드려진 모든 기도가 나의 삶 가운데, 또 다른 이들의 삶 가운데 아름답게 열매 맺기를 기대하며 우리의 기도를 들으시고 응답하시는 좋으신 아버지 하나님께 감사를 올려 드린다.

이웃과 손잡고

화합 · 새 나라 되게 하소서 · 소망의 끈 · 좋은 만남 · 아 하나님의
은혜로 · 어머니의 성경책 · 나는 천사 남편은 장로님 · 마르지 않는
샘 · 하나님의 선물(손자를 품에 안고) · 손자의 세례식 · 마음에 꽃
꽂아 주면 · 아프리카 어느 소녀의 눈물 · 믿음대로 · 딸 · 돌아오라
아들아 · 새벽송 · 말씀 암송 · 12월 마지막 날에 · 그리운 언니 · 아카시아
향기 · 당신에게 드리는 시 · 친구야 별이 되자 · 팔순 감사 · 강화도 선교
여행 · 할머니의 꿈 · 시어머님의 구원1 · 시어머님의 구원2

화합

지구의 동쪽 끝자락
대한민국
창조주의 불꽃 같은 눈이 머무는 곳
축복의 땅 나의 조국이여
잠에서 깨어나자
우리의 때가 왔도다
혹여 사나운 폭풍 몰아친다 하여도
지혜의 등불 켜 들고 비추며 나아가자

세계를 앞서가는 첨단 기술
훌륭한 우리 말, 우리 글

젊은이들 소리 높여 노래하고
화려한 몸짓으로 세계를 뒤흔든다

올림픽 선수들의 가슴에 금빛 메달이 빛나고
오색실로 수놓은 삼천리금수강산
사계절 축복으로 넘쳐 난다

이방 민족들이 밟고 간 발자국에
붉은 옷 푸른 옷 편 갈라 입고

형제가 서로에게 남긴 상처가 있지만

이제는
우리 모두 한마음으로
두 손을 마주 잡고
내일을 위하여
세계를 향하여
힘차게 전진하자

새 나라 되게 하소서

일찍이
이 땅에 복음의 씨앗
뿌려 주신 은혜
축복이어라

믿음의 선진들
말씀의 터 닦고
피와 땀과 눈물로
가꾸어 온
대한민국

내려 주신 축복
기쁨과 감사로
온 세계에
나누며 살아가자

시기와 분쟁
거짓과 교만
떨쳐 버리고
화합과 용서로
한마음 한뜻 되어

앞으로 나아가자

온 우주의 통치자
하늘 아버지시여
이 땅에
사무엘 선지자
다윗 왕을 보내 주소서
거룩한 나라 되게 하소서

소망의 끈

높은 담 철창 안
푸른 제복 입은 형제에게
천사가 다가와
가시밭길에서 찔려
상처투성이인 손과 발 싸매시며

형제여
눈을 들어 하늘을 보라
힘을 내어 십자가를 붙들라

황무지에 백합화 피어나듯
형제의 밭이
샤론의 꽃으로 피어나리라

푸른 제복은
하얀 비단옷으로 갈아입히고
가슴의 숫자는
또렷한 이름 석 자로 불리며
겹겹이 닫혔던
무거운 철창문은 활짝 열리어

사랑하는 이와 손잡고

함께 노래하며

하늘 끝까지

마음껏 달려가리라

* 2010년부터 아가페 소망교도소 형제들을 섬기면서 형제들과 따뜻한 사랑을 나누고 싶은 마음으로 지은 시

좋은 만남

오늘은 형제를 만나는 날이라
아침부터 가슴이 설렌다
부모가 자식을 만나러 가듯
자식이 부모를 기다리듯
진실한 만남에 정이 쌓여 간다

달리는 차 창밖
푸르게 줄지어 늘어선 가로수 사이에
형제들 얼굴이 숨어 있다

하얀 천 위에 어찌하다 점 하나 찍어
주홍글씨 달고 살아가는데
밖에 사람들 회색 천에 점 찍고
당당하게 살아간다

아주 높이 올라가 보자
누가 누구인지 알겠는가
하나님은 아시고
건질 죄인 찾으신다

녹로*에 올려진 형제들

말씀으로

새롭게 빚어져

귀히 쓰는 그릇으로

다시 태어나기를

기도한다

* 녹로 : 도자기를 만들 때, 흙을 빚거나 무늬를 넣는 데 사용하는 기구

아 하나님의 은혜로

6.25 전쟁 때
포탄이 쏟아지는
캄캄한 밤
조명탄이 날아오르고
요란한 폭격 소리에
한 집 두 집 날아가니

예수 믿는 우리 집
피난처 삼아
온 동네 사람들 모여들어
행랑채와 마당을 가득 채웠다

막연한 믿음으로
하나님 보호를 받으러 왔는데
어머니의 간절한 기도를 들으신
하나님 아버지께서
천사 날개로 모두를 품으시었다

유월절 어린양 피를 보시고
머리털 하나 상하지 않도록
모두를 지켜 주셨다

어머니는 계속 ‘아 하나님의 은혜로’ 찬송을 부르셨다
어린 나이에도
하나님의 은혜
어머님의 기도 덕이라 생각했다

어머니가 가장 좋아하시던 찬양이
내 찬송이 되었고
어머니가 그리우면
아 하나님의 은혜로 찬양하며
감사한다

* 1950년 6월, 북한군이 서울을 점령하여 공격할 때 어느 날 밤 있었던 일을 기억하며 적은 시

어머니의 성경책

어머니의 성경책은
사랑과 눈물이 가득 배어 있다

검은 가죽 표지에
책장마다 빨간 물 들인 성경책
어머니가 읽으시던 마지막 성경책
손때 묻어 낡고 퇴색했지만
내게는 가장 소중한 보물

구순을 넘기시고도
침침한 눈 밝히려
돋보기 위에 돋보기 얹어
시시때때로 말씀 읽으시고
암송하시던 어머니
아침저녁으로 기도하시던 어머니

지금은 돋보기 쓰고
매일 말씀 읽으며
어머니 따르려 해도
한없이 부족합니다

곱게 곱게 싸서

오래 오래 간직한

어머니의 마지막 성경책

자손의 자손에게

믿음의 유산으로 물려주고

믿음의 대가 계속 이어지기를

소망하며 기도합니다

나는 천사 남편은 장로님

남편은 나를 천사
최 천사라 불러 주었다

남편은 교회에 발도 들여놓지 않았는데
남편 친구들은
장로님이라는 별명을 붙여 주었다

진짜가 되기를 소망하며
우리는 가짜 천사
가짜 장로님으로 살았다

불러서도 들어서도 안 될 일이지만
나를 절제시킬 수 있는
호칭이라 감사했다

남편은 화가 날 때면
나에게 교회 마당에 가서
텐트 치고 살라고도 했지만

말씀의 씨가 뿌려져 있어
병든 자기 친구를 위해 기도를 부탁하고

삶이 힘든 친구 만나면
술 사 주고 교회 가라고 권하면서
내게로 데려오기도 했다

본인은 뒤늦게
병상 세례 받아 성도가 되었지만
부부가 함께한
짧은 신앙생활은
은혜였고 행복이었다

새벽기도 가는 즐거움
기쁨으로 드리는 감사
밤마다 손잡고
내 주를 가까이하게 함은 찬양하고
기도하다 잠들던 남편
천사라 불러 주어 고맙고
장로님이 아니어도 감사하다

* 2002년 1월, 남편을 천국에 보내 드리고 남편을 그리며 쓴 글

마르지 않는 샘

사랑의 원천은
십자가 사랑
다함 없는 사랑
영원한 사랑

그 사랑 받은 몸
작은 웅덩이
내 안에 머물게 마시고
내 힘이 아닌
주님의 은총으로
아낌없이 흘려보내게 하옵소서

언제나
마르지 않는 사랑의 샘
내게도 차고 넘치게 하옵소서

하나님의 선물(손자를 품에 안고)

꽃봉오리 같은 우리 아가야
하나님 은총으로
엄마의 반쪽과 아빠의 반쪽을 모아
빚어진 생명
이 세상에 하나뿐인 너
우리 모두 너를 사랑한단다

어여쁜 얼굴에 웃음이 가득할 때도
떼쓰며 발버둥 칠 때도
주님은 언제나 인자하신 얼굴로
너를 안아 주신다

엄마 아빠의 기도는 키를 자라게 하고
매일매일 읽어 주는 말씀은 지혜를 자라게 한다
레바논의 백향목같이 종려나무같이
자라나는 꿈을 꾸며
널 위해 기도한다
우리에게 와 주어 감사하다
축복한다 아가야

* 2011년 5월, 둘째 손자가 태중에 있을 때 심장박동 이상으로 위기를 맞았으나 기도로 건강하게 태어나 가슴에 안고 감사하며 적은 시

손자의 세례식

오월의 푸른 창공 아래
짙어 가는 녹음 속
아름답게 차려 놓은
세례 터

하얀 성의 입고
나의 죄를 고백하고
일생을 주님께 맡긴다

빨간, 하얀 장미 꽃잎이 떠도는
정결한 물속에
온몸을 담가
성부 성자 성령
하나님 아들로
새롭게 태어나는
성스러운 성도여

성령의 비둘기 임하시어
축복의 찬양으로 이어지는
거룩한 영광의 순간이
영원하기를...

* 2022년 5월, 통곡의 벽에서 기도하여 얻은 첫 손자가 믿음의 학교에서 잘 성장하여 세례받던 날 축복하며 쓴 시

마음에 꽃 꽂아 주면

내 마음의 정원에서
매일매일
기도로 가꾸어 키운
꽃

아픈 사람의
마음에
한 송이씩 꽂아 주면

향기로 깨어나
꽃처럼 미소 짓는 날

내 영혼의 뜰에는
기쁨의 꽃 가득 피어나
감사의 꽃동산을 이룬다

아프리카 어느 소녀의 눈물

검은 곱슬머리에
흑진주같이 빛나는 고운 얼굴
사슴의 눈망울을 닮은 애절한 눈빛
알록달록 팔찌가 걸려 있는 팔에
손가락 하나 없이 매어 달린 몽당손
쭉 뻗친 붕대 감은 다리에
발가락 없는 발이 달려 있다
고통보다 지독한 고독과 절망감
누가 이 소녀를 일으킬 수 있을까
세 살 아기가 어엿한 소녀가 되도록
치료 한 번 못 받고
그렇게 꽃은 시들고 죽음을 향해 가고 있다
먼 곳에 있다고 손잡아 주지 못하고
비 오듯 흐르는 소녀의 눈물 줄기에
한 방울 눈물만 더한다
높이 계신 그분께, 그를 만드신 분께
소녀를 부탁하는 기도를 드릴 뿐...

믿음대로

산상성회 날과
딸의 임용고시 날이 겹쳤지만
엄마가 해 주는 밥보다
엄마가 해 주는 기도가
힘이 되는 것을 믿는
딸을 위해 성산에 올랐다

예배를 마치고
기도굴에서 기도하는데
또렷하게 보이는
합격이란 커다란 글씨

얼마 지나지 않아
기도대로 응답하신 하나님
할렐루야
믿음이 이기네
믿음대로 이루어 주신
주님께 감사합니다
영광 올려드립니다

* 2003년 12월, 둘째 딸이 임용고시 보던 날 동계산상성회에 참석하여 기도하다 받은 응답대로 합격 후 하나님께 감사와 영광 올려드린 글

딸

긴 머리 곱게 빗겨 예쁜 리본 핀 꽂아 주고
레이스 달린 분홍 원피스에
멋쟁이 샌들 신겨
손잡고 데리고 나서면
사뿐한 발걸음 구름 위를 걷는다

단발머리에 교복 입고
책상 앞에 단정히 앉아 있는 모습
한 장 한 장 상장이 쌓일 때마다
꿈이 자라난다

고운 화장에 미니스커트
또각또각 걷는 걸음새가
엄마 눈엔
영락없는 미스코리아

하이얀 드레스에 진주 화관
아빠 손 잡고 들어오는 모습이
하늘의 천사를 닮았다
애써 참아도 눈가에 이슬이 맺힌다

이제는 손주 녀석 유모차에 태워
딸과 함께 나들이하는 즐거움
딸들이 사 주는 멋진 옷과 가방
정성스레 차려 주는 맛있는 밥상
마치 그 옛날 내가 딸을 바라보듯
좋아라 하는 딸의 모습
누가 엄마인지
누가 딸인지 모르겠다

돌아오라 아들아

도망치듯 등을 보이며
매정하게 떠나간
너를 못 잊어

무릎 꿇고 기나긴 밤을 지새우며
눈물 병에 눈물을 담아낸
수많은 날들

비가 오면 옷이 젖을까
눈이 오면 추울세라
따뜻한 아침상 차려 놓고
빈자리를 더듬어 본다

동구 밖 어귀까지 쫓아 나가
아들의 이름을 불러 보지만
빈 하늘에 메아리만 울려 퍼진다

밤마다 문 열어 놓고
등에 불 밝히고 숨죽이며
스치는 바람 소리에
발걸음 소리 들으려 해도

고요한 정적만 흐른다

몇 날 몇 해가 지났는가
해 질 무렵
문밖에 서성이는 그림자

버선발로 달려 나가
두 팔 벌려 품에 안으니

가슴에 쌓인 정이
불같이 녹아내려
감사의 눈물
강물이 되었네

* 성경 속 돌아온 탕자의 비유를 인용해 우리를 향한 예수님의 사랑을 노래한 시

새벽송

예수님 탄생하신 밤
이 기쁜 소식 전하려
주님 맞을 등 밝혀 들고
별이 총총한 겨울밤
눈 쌓인 언덕길 오르내리며
집집마다 찾아가
기쁘다 구주 오셨네
큰 목소리로 찬양
메리 크리스마스
축복 인사 나누던
아름다운 시간

찬양 후 내어 주시는
선물 보따리 받는 즐거움
집사님들이 끓여 주시던
따뜻한 떡국 한 그릇

온밤을 지새우며 찬양하며
주님을 기다리던
성탄절
지금은 누리기 어려운 행복
그날의 새벽송이 그리워진다

말씀 암송

여섯 살 어린 나이에
맡겨 주신 성탄절 특순

주일학교 선생님은
나를 보배같이 아끼며
등에 업으시고 외투를 씌워
매일 예배당에 데려가
말씀 암송을 시키셨다

하나님이 세상을 이처럼 사랑하사
독생자를 주셨으니
이는 그를 믿는 자마다 멸망하지 않고
영생을 얻게 하려 하심이라

믿음이 성장하여 알게 된
가장 귀한 말씀
요한복음 3장 16절

가슴 깊이 남아 있는
주일학교의 첫 기억

12월 마지막 날에

복된 첫 종소리에
새해 새날이 밝으면
위로부터 내려 주시는
공평한 선물
삼백예순다섯 날
설레는 마음
감사하는 마음으로 받아 놓고

하얀 도화지에 무슨 그림 그릴까?
넓은 밭에는 어떤 씨를 뿌릴까?
어디에 가서 누구를 사랑할까?

하루 이틀 지날수록
차곡차곡 쌓여 가는
시간의 흔적들

인내와 수고로 거두어들인
크고 작은 수많은 열매
기쁨과 감사로 포장하여
높은 곳에 올려드리고

미련함과 게으름으로 인한
실수와 악한 것들은
탄식과 회개로 묶어
타오르는 불에 던져 버리고

새로운 삼백예순다섯 날
축복의 새날이 밝기를 기도한다

그리운 언니

예쁘고 똑똑한
울 언니
마음도 고와
언니를 닮고 싶었다

막내라는 이름으로
엄마 아빠 사랑 독차지하여
시샘할 것 같은데
잘 걷는 아이를
등에 업고 다니며
동네방네
동생 자랑 늘어놓던 언니

경기여고 교복 입고
학교 가는 언니가
자랑스러워 따라나서고
저녁 무렵이면
마을 어귀에서 기다리다
손잡고 집으로 돌아오는 길
행복한 추억

내가 고등학생 되도록
머리 땋아 주고
야무진 솜씨로
옷까지 만들어 입혀 주던
엄마 같은 언니

안타깝게도 일찍이
교회 동산에 누워 있는 언니
어린 자녀 떼어놓고 갔는데
사랑의 빚을 진 내가
엄마 노릇은커녕
이모 노릇도 제대로 못 해

언니 만날 날이 다가오니
미안한 생각뿐이지만
주님의 은혜로 조카들 잘 자란 모습에
마음의 짐을 덜어 본다

아카시아 향기

바람에 실려 오는
향긋한 아카시아 꽃향기
추억의 향기

나도 모르게 발길을 돌려
산 입구에 들어서니
귀여운 아카시아 꽃잎들이 손짓한다

어릴 적 우물가에 서 있던 아카시아
오빠가 따 준 하얀 작은 꽃송이
한 아름 안고 달콤 쌉싸름한 꿀을 빨아 먹으며
행복한 미소 짓던 날
그날을 그리며
아카시아 꽃잎을 씹어 본다

다시 살아나는 아련한 추억
산과 들 손잡고 뛰어다니며
풀섶에 숨어 있는 산딸기 따 주고
겨울엔 썰매 만들어 끌어 주다가
개울에 빠졌던 일

아버지 일찍 여의고
부모 대신해 준
고마운 오빠

어느새 석양빛 곱게 물들어
하늘에서 나를 지켜보고 있을
다정한 오빠에게
사랑해요 감사해요
아카시아 향기와 함께 마음을 전해 본다

당신에게 드리는 시

당신이 그리도 머물고 싶어 하던 곳
어린 시절 친구들과 토끼 잡으러 뛰어다니다
언 몸을 녹이며 햇볕 쬐던 곳
어머니 품속 같은 고향 땅 여기에
진달래 울타리 두르고
푸른 잔디 이불 덮어 뉘인 지 10년 세월

산 아래 마을을 끌어안고
사랑의 줄을 길게 늘여 정을 나누며
길이길이 편히 쉬게 해 드리고 싶었는데
나도 흙으로 돌아가 당신 곁에 눕기를 원했는데
산산이 부수어 한 줌 재를 만들다니
어찌 당신께 용서를 구하겠소

천국에서 가장 아름다운 모습으로
당신 곁에 머물기를 소망하며
하루하루 당신을 그려 봅니다

* 2013년 8월, 가족묘지가 공업단지로 수용되어 남편을 납골당으로 모시며 아픈 마음을 적은 글

친구야 별이 되자

친구야
너는 나에게 별이 되라 했지
반짝이지 않아도
난
널 찾을 수 있다고

너는 내게 꽃이 되라 했지
향기가 난다고

너는 내게
별이고
행복이다

낮에는
꽃밭에서 함께 웃고
밤에는
하늘에서 반짝이자

* 2022년 5월, 부족한 나의 글을 읽고 칭찬을 아끼지 않고 책을 만들도록 격려해 주신 김옥숙 권사님께 감사하여 드리는 시

팔순 감사

인생 80 고개 올라서니
세상 것은 점점 멀어져 가고
하늘의 것은 더 가까이 다가와
또렷이 보이기 시작한다
손 내밀면 잡힐 듯하고
발돋움하면 닿을 것 같다

펼쳐 보일 화려한 역사는 없어도
발걸음마다 숨겨져 있는 비밀은
주님께서 나와 함께하심이라
구름기둥 불기둥으로 이끄시고
사시사철 필요한 열매로
먹이시고 입히신 은혜

감람나무 새순 같은 자식의 자식을 보며
한 상에 둘러앉아 감사 찬송 부르니
어찌 아니 기쁠까
여기까지 인도하신
에벤에셀의 하나님께
감사기도 드립니다

하늘나라에 아름다운 처소 예비하시고
신부를 맞이하려
문 앞에 기다리고 계신
주님을 사모합니다

내 삶에 남은
마지막 열정 사랑을
주님 원하시는 곳에
옥합을 깨뜨려 부어 드리기 원합니다

* 2022년 4월, 가족들과 팔순 감사 예배드리고 80년 세월을 회고하며 쓴 글

강화도 선교 여행

어릴 적 소풍 갈 때 설레던 마음같이
팔순에 믿음의 친구들과 함께하는
선교지 탐방 여행길이
왜 이리도 가슴이 뛰는지요

차창 밖 연둣빛 잎새의 나비춤
만개한 철쭉꽃들의 환한 미소
차 안에서 피어나는 정다운 이야기꽃

첫 선교지 교산교회
복음의 씨앗을 뿌려 주신
선교사님의 눈물의 헌신
마음문 열고 복음을 받아
선상 세례를 받은 성도

죄인임을 깨달아
흰옷을 벗어 놓고
이웃의 조롱하는 소리에도
검정 옷만 입었던
성도들의 믿음

주님 안에서 한 자녀 되기 위하여
온 교인이
거룩한 이름으로
개명을 한 홍익교회

나의 모든 것 내어 드려
복음 전파한 믿음의 선진들
위대한 발자취를 더듬으니
감사하는 마음과
사명감을 갖게 된다

* 2023년 4월, 여선교회 회원들과 팔순을 맞아 강화도 선교지에 다녀와서 쓴 글

할머니의 꿈

꿈의 학교 동산에 뿌려진
나의 분신
두 개의 씨앗
말씀과 사랑 안에서 싹터
하늘 바람 맞으며
무성한 잎으로 자라나기를 꿈꾼다

방황하며 낙심할 때에도
십자가 은총의 빛으로
다시 일어나
달리는 꿈을 꾼다

포도나무 무화과나무 감람나무
에셀나무 백향목…

그 무엇이든
네가 있어야 할 곳에 심겨
꽃향기 날리며
탐스러운 열매 맺고
묵묵히 그 자리에 서서
아낌없이 다 내어주는

그런 꿈을 꾼다

손주들의 장성한 모습
믿음으로 바라보며
오늘도 나는
기도의 자리로 나아간다

* 첫째 손자에 이어 둘째 손자도 기독교 학교인 믿음의 학교로 진학하게 되어 감사하며 기도하는 마음으로 적은 시

시어머님의 구원 1

성령님 감동으로
시작된 여리고 작전 기도
어머니 방 문고리 잡고
하루에 일곱 번
어머니 구원의 문
속히 열어 주세요

기다려도 기다려도
열리지 않더니
나를 사용하시려
내 몸에 질병을 주셨다

나를 온전히 낮추시려는 주님의 뜻 깨닫고
기도원에서 금식기도 하는데
어머님이 빛나는 하얀 한복을 입으시고
평안한 얼굴로
꿈에 나타나셨다

내 눈물 보시고 응답해 주신
주님께 감사하며
기도원을 내려오는데
눈부신 태양 아래

푸르른 잎새가 반짝이고
빨간 넝쿨장미가 유난히도 곱게 피어
기쁨의 눈물이 솟구쳐 올랐다

현관문을 열자마자
어머님이 환한 미소로
마중 나오시며 하시는 말씀
나도 너를 따라 교회 가기로 했다 하시기에
어머님을 꼭 안아 드렸다

그 주일부터
나오미와 룻이 되어
어머님은 교회 가방 드시고
나는 구역장 가방 들고
함께 교회 가는 기쁨

크고 놀라우신 일을 행하신 하나님
은혜와 축복에
감사 찬송 영광 돌립니다

* 1989년 6월, 시어머님을 처음으로 교회에 모시고 가서 함께 예배드리고 감사와 기쁨으로 적은 글

시어머님의 구원 2

우리 어머님은 칠순이 넘어 교회에 나오기 시작하셨는데 한 주도 빠지지 않고 정성껏 예배를 드리며 은혜를 받으셨다. 세례도 받으시고, 교회 경로대학도 다니시고, 성경도 많이 읽으셔서 성경 다독상도 받고 즐겁게 신앙생활을 하셨다.

그러던 중 새벽 집회 끝나고 교회 계단에서 넘어지셔서 발목을 크게 다치는 일이 일어났다. 나는 어머님이 아프고 불편하신 것이 안타깝기도 했지만 초신자인 어머님께서 혹시라도 신앙이 흔들릴까 걱정이 되었다. 그러나 어머님은 담담히 잘 받아들이셨고 아무런 원망 불평 없이 몇 주간을 깁스를 하시고 평소와 다름없이 생활해 주셔서 너무 감사했다.

드디어 깁스를 푸는 날이 되어 기대하는 마음으로 병원에 모시고 갔는데 목발이 미끄러져 넘어지는 바람에 팔이 골절되는 상상하기 어려운 일이 일어났다. 나는 할 말을 잃고 "주여" 외마디 소리만 하고 죄송한 마음에 어머님을 바로 쳐다보지도 못하고 있는데, 어머님은 "내가 또 일을 저질렀구나" 하시며 오히려 미안해하셨다. 화를 내시거나 낙심하실 것 같은 상황임에도 침착하게 인내하시는 어머님의 모습이 나는 놀라웠고 너무 감사하고 참 성도가 되어간다는 생각에 든든한 마음까지 들었다. 병원 측에서도 이러한 상황을 아시고 치료비를 받지 않겠다 하셨다.

그 후로도 어머님은 내가 교회 일로 바쁠 때면 아이들과 남편을 잘 챙겨 주시고 나의 부족함을 감싸고 적극적으로 도와주시는 믿음의 동역자가 되었다.

어머님은 6.25 때 20대에 남편과 딸을 잃고 혼자 아들을 키우시느라 고생도 많이 하시고 상처도 많으셨는데 주님을 만나고 변화되어 친정엄마 같은 좋은 시어머니가 되어 주셔서 정말 감사했다. 그래서 함께 교회를 다닐 때면 모녀지간 같다는 말을 많이 들었다. 은혜로우신 주님의 사랑과 따뜻한 어머님의 사랑에 감사드린다.

자연과 함께

봄동산 · 꽃비 · 풀꽃 춤 · 구름을 보면 · 오월 · 강가를 걸으면 · 회상 · 작은 자 · 친구가 생각난다 · 에셀 나무 · 가을 풍경 · 세월

봄동산

동터 오는 새 아침
찬란한 태양 빛에
희망의 하루가 시작된다

고운 빛으로 물든 산언덕에서
미풍에 실려 날아오는 꽃내음
파릇파릇 어린 잎새의 반짝이는 춤
귀여운 들꽃의 수줍은 미소
어디선가 파득이며 날아 온 산새는
예쁜 목소리로 노래를 불러 준다

졸졸졸 흐르는 시냇물
한가로이 꼬리치며 노니는 물고기
파란 하늘을 떠도는 하얀 조각 구름

창조주께서 만드시고
보시기에 좋았던 것들
내게도 아름답고 귀하다

자연의 향기에 취하여
바위에 걸터앉아 하늘을 보니

어느덧 어두움이 내려앉아
하나둘 별들이 반짝이고
살포시 떠오르는 달빛은
세상을 비추어 밤을 지켜 준다

꽃비

꽃바람 불어와
꽃잎을 흔들면
분홍빛
눈물 되어
꽃비로 내린다
쌓인 꽃잎
꽃길을 만들어

하늘도 봄
땅도 봄
꽃길을 걷고 있네

풀꽃 춤

내가 풀꽃을 닮았나

풀꽃이 나를 닮았나

있는 듯 없는 듯

풀숲에 숨어

바람이 흔들어

잠 깨우기를 기다리다

풀밭에 작은 파도 밀려와

초록 물결 넘실대면

향긋한 꽃향기 날리며

풀꽃도 춤추고

나도 춤춘다

* 어느 봄날 뒷동산에 산책 나갔다가 들꽃의 미소가 나의 삶과 닮았다는 생각을 하며 적어 본 시

구름을 보면

길가 벤치에 앉아
무심히 하늘을 쳐다보니
드넓고 푸른 하늘이
마음을 다독여 준다

바람은 하얀 구름을 실어다 주어
하늘이 바다가 되고
물고기들이 유유히 헤엄친다

몇 해 전 떠나간
강아지가 달려오고
오래전 천국에 올라가신
어머니의 인자한 모습
보고 싶은 얼굴들이
차례차례 지나간다

귀여운 손녀딸이
춤을 추더니
예수님 같으신 분이 두 팔 벌려
안아 주시려 다가오신다

하늘 도화지에

구름 물감으로

마음을 그리면

행복해진다

오월

오월은
한 손으로
봄을 붙잡고
다른 한 손으로
여름을 끌어당기는
푸른 생명력의 최고봉

훈풍에 실려 오는
향긋한 꽃내음
플라타너스 잎의
황홀한 푸른 춤

사랑의 계절
오월은
모두를 사랑하게 한다

꿈의 계절
오월에는
꿈꾸고 희망을 품는다

오월은
놓아주고 싶지 않은 계절이다

강가를 걸으면

노을 지는 강가에
강바람 불어와
마음 흔들어도

잔잔한 물결은
나를 따라와
외롭지 않다

끝없이 이어지는
강둑길에는
희망이 깔려 있다

붉은 노을 떠내려가면
검푸른 강물은
반짝이는 별을 안고
별들이 잠들면
눈부신
내일의 태양을
건져 올린다

강가를 걸으면
강을 닮는다

회상

꽃길보다 아름답게 수놓은 낙엽길

한 걸음씩 내디디니

바스락바스락

온몸이 부서지는 소리에

차곡차곡 쌓여진 추억의 장이 열린다

풋풋한 봄 향기에 희망의 새싹을 품던 날

무성한 푸른 잎으로 집 짓고 기뻐하던 날

아름다운 꽃을 피우며 행복한 미소 짓던 날

주렁주렁 탐스러운 열매 맺던 날

산을 찾는 모든 이에게

넉넉한 마음으로 내어 주니

지나온 긴 세월

모든 것이 은혜

은혜뿐이었노라

작은 자

언덕 위에 작은 꽃
키가 큰 꽃보다
잎이 넓은 꽃보다
세찬 바람에도 꺾이지 아니하고
꽃잎을 떨구지 아니하고
작은 몸 흔들어 춤을 추고 나면

바람은 지나고
찬란한 햇살 아래
여전히 미소 짓는
작은 꽃
작은 자여

나도
겸손의 향기로
온유의 미소로
발걸음 멈추게 하고
수줍게 사랑의 마음을 전하리라

친구가 생각난다

낙엽 지는 가을 산
혼자 걷노라면
갈바람이 쏴 불어와
발 앞에 도토리가 데구르르

학창 시절 친구 얼굴이 떠오른다
도토리 머리에 이름 석 자 적어
도토리 세 개
내 손에 쥐어 주며
멋쩍게 웃던 친구

그립다 친구야
좋은 친구였어

예쁜 도토리 세 개 주워
주머니에 넣고
만지작거리며
스러져 가는 노을빛
등에 지고 돌아와
정겨운 너의 이름
떨리는 손으로 새겨 본다

에셀 나무

여호와 이름 부르며
아브라함이 브엘세바에 심은 나무

광야 척박한 땅에서
길게 뻗은 뿌리로
밤마다 생명을 끌어올려
소금기 가득한 보석 이슬 만들어
넓은 가지 뾰족한 잎끝에 매달아

따가운 햇볕이 내리쬐일 때
이슬방울 하나하나
바람에 날려 보내며
쉼을 찾는 모든 이에게
시원함과 안식을 주는
사막의 오아시스

나도 에셀 나무로 심어져
넓은 그늘을 펼쳐
수백 년 꿋꿋이 서서
몸과 마음 쉬어가는 쉼터로
나를 내어주고 싶다

가을 풍경

파란 하늘 머리에 이고
가을 향 가득한 숲속에서
가만히 내려앉는
한 잎 두 잎 낙엽을 세는데
산새의 노랫소리
빈 공간을 가득 채운다

흰 구름이 흘러가듯
흘러간 세월의 흔적
은발의 머리를 쓰다듬으며
추억 여행을 떠나 본다

꿈 많던 소녀 시절
노란 은행잎 편지
코스모스 한들대는 오솔길에서
부르던 사랑 노래

마음속 깊이 묻어둔
보석 같은 추억의 조각을
꺼내어 맞추어 보니
입가에 잔잔한 미소가 번진다

세월

가지 말라 붙잡아도
뒤도 안 돌아보고
함께 가자 불러도
못 들은 척
혼자서
빠르게 달려가
팔을 길게 뻗어도
잡을 수 없더니

매화 마을 들러
매화꽃 한 송이 매달아 주고
숨 가쁘게 지리산 올라
철쭉꽃 불태우다가

산과 들 온 천지에
초록 물감
쏟아붓더니
어느새
오색 단풍 옷 갈아입혔네

세월아
하얀 겨울잠 자고
좀 쉬었다 가렴

만삭되지 못하여 낳은 아이같이

온전하지 못한 글을

끝까지 읽어 주신

독자님들께 감사드리며

주님의 크신 은혜와 평강이

늘 함께하시기를 기도합니다

주님의 신부

1판 1쇄 발행 2024년 3월 21일

저자 최정희

편집 문서아 **교정** 신선미 **마케팅・지원** 김혜지

펴낸곳 (주)하움출판사 **펴낸이** 문현광

이메일 haum1000@naver.com **홈페이지** haum.kr
블로그 blog.naver.com/haum1000 **인스타그램** @haum1007

ISBN 979-11-6440-559-6 (03810)

좋은 책을 만들겠습니다.
하움출판사는 독자 여러분의 의견에 항상 귀 기울이고 있습니다.
파본은 구입처에서 교환해 드립니다.